Jess Jochimsen

WAS SOLLEN DIE LEUTE DENKEN

Deutscher Taschenbuch Verlag

Von Jess Jochimsen sind im
Deutschen Taschenbuch Verlag erschienen:
Das Dosenmilch-Trauma. Bekenntnisse eines 68er-Kindes (20730)
Flaschendrehen oder: Der Tag, an dem ich Nena zersägte (20568)
Bellboy oder: Ich schulde Paul einen Sommer (24477)
DanebenLeben. Ein fotografischer Streifzug durchs städtische
Hinterland (21034)

Originalausgabe 2011

Fotos: Jess Jochimsen
Umschlagkonzept: Balk & Brumshagen
Umschlaggestaltung: Dietrich Roeschmann | Peter Blöcher,
text+partner, unter Verwendung einer Fotografie von Gina Folly
Satz: Regina Leonhart, Freiburg
Gesetzt aus der Garamond Antiqua 11/16˙
Druck und Bindung: C. H. Beck, Nördlingen
Gedruckt auf säurefreiem, chlorfrei gebleichtem Papier
Printed in Germany · ISBN 978-3-423-14048-5

Es kann alles vorbei sein in der nächsten Sekunde,
oder noch schlimmer:
Es kann alles genauso weitergehen.

Sibylle Berg

Trotzdem, sagte sie und gab ihrer Bierflasche einen Kuss.

Franz Dobler

In Erinnerung an Andrea

I

DRAUSSEN KNOSPT ES.

Das lässt sich nicht länger ignorieren. Wie es draußen knospt. Überall blüht und sprießt es. Oft mit Vorsatz.

Misslaunig mag ich schon zum Frühstück erscheinen, mit einem Schild um den Hals. Auf das Schild habe ich geschrieben: »NEIN! Ich gehe nicht mit dir ins Gartencenter!«

Ich weiß, dass das nichts helfen wird, es im Gegenteil alles schlimmer macht. Noch schlimmer, als es ohnehin schon ist.

Aber es bleibt dabei: Ich geh nicht mit. Ins Gartencenter. Pärchenscheiße! Wieder Grünzeug kaufen, das dann letztlich doch nur verwelkt. Und traurig macht.

Gegen Traurigkeit hilft ein Gartencenter nämlich nicht, hörst du, dieser Tempel der Vergänglichkeit. Vergänglichkeit habe ich zu Hause genug, schau mich doch an, und dich ... und deine Cremes.

Sag ich natürlich nicht. Nichts sage ich. Es ist auch so schon jämmerlich genug.

Was machen Gartencenter eigentlich im Winter? Sind die da verpuppte Baumärkte, die im Frühling schlüpfen?

Nein, Gartencenter haben ganzjährig geöffnet, rund um die Uhr, weil immer jemand einen Blumentopf kaufen will und einen Blumentopfuntersetzer und einen Blumentopfuntersetzeruntersatz. Oder Rankpflanzen, mit Kletterhilfen für Rankpflanzen. Und Rasen natürlich. »Lass uns mal Rasen kaufen, Schatz.« Rollrasen, grün wäre im Angebot. Und Rasenlüfterschuhe, die sind praktisch. Oder gleich Crocs.

»Die sind ja so leicht, diese Crocs.«

Und hässlich!

Ich will nicht! Die Welt ist ein Gartencenter, hörst du. Wenn du mal drin bist, findest du nie wieder raus. Du liegst apathisch in einem Bett aus Zierpflanzensprays und um dich herum trampeln Leute in Crocs vorbei und sind normal. Und glücklich. Die Welt ist ein Gartencenter. Da kannst du noch so viel ins Kissen heulen, dein Kissen ist ein Sack Tulpenzwiebeln. Und einmal im Jahr kommt einer zur Inventur vorbei und scannt dich ab.

Draußen blüht es dir. »Nein, ich gehe nicht mit ins Gartencenter!« Sage ich nicht.

Auch zum Kind sage ich nichts. Dabei sollte ich. Sollte dem Kind sagen, dass es keinen Hund kriegt. Weil *ich* derjenige bin, der das nicht will.

»Es ist okay, wenn *du* das nicht willst. Aber dann sagst *du´s* auch dem Kind.«

Egal, was du sagst. Ein Kind, das sich einen Hund wünscht und dem du sagst, es kriegt keinen, hasst dich.

»Hast du's dem Kind schon gesagt?«

Nein. Ich kann nicht. Ich will nicht. Ich wollte ... schon das Kind nicht. Damals.

Ich hab *damals* nachgegeben, *diesmal* bist du dran. Bitte. Keinen weiteren gemeinsamen Pflegefall mehr.

Sag ich natürlich nicht. Nichts sage ich.

Auch dem Kind nicht. Was soll ich auch sagen?

»Hund gibt's keinen, Kind! Such dir ein Hobby.«

»Ich hasse dich!«

Wie schaffen das die anderen? Die Normal-Glücklichen? Die Leute mit den Crocs?

Mit links schaffen die das: »Ein für alle Mal, Kind«, sagen die, »ein Hund kommt nicht in die Tüte. Ein Hund, bei deinen Schulnoten! Bei dir piept's wohl. Werd erst mal besser in Mathe. Ein Hund! Den muss man pflegen und hegen und Gassi führen ... und gießen.

HUNDE
KOSMETIK

Und wer macht den Käfig sauber? Hm? Wer mistet den Stall aus? Hm? Hm? Ich weiß doch, wie's läuft, mein Kind, eine Woche interessierst du dich für den Hund, eine Woche. Und dann ist wieder nur Gameboy angesagt. Und Computer. Davon werden deine Noten auch nicht besser. Ein Hund! Nichts da. An mir bleibt das alles doch wieder hängen, an mir!«

Und dann kriegt das normal-glückliche Kind doch noch mit Hängen und Würgen eine Gymnasialempfehlung, und zum Dank dafür – Überraschung: einen Hund.

Und das Kind nennt diesen Hund zur Strafe dann »Lucky« oder »Kira« oder was sich Kinder sonst noch für blöde Namen ausdenken.

Gymnasialempfehlung ... Das wäre ein guter Hundename. Und ehrlich. Damit der Hund einen immer daran erinnert, warum er da ist.

»Gymnasialempfehlung, kommst du her! Mach Sitz, Gymnasialempfehlung!«

Kann man auch nicht so leicht abkürzen. Muss man aber. Hundenamen *müssen* zweisilbig sein. Zwei Silben. Sonst hören sie nicht. Die Hunde. Und hauen ab. Oder beißen ein fremdes Kind. Und müssen eingeschläfert werden.

»Zwei Silben, hörst du, Gymnasialempfehlung? Sonst ...«

Also »Gymmi«. Oder »Empfi«.

»Ja komm her, Empfi. Du bist ein ganz ein Braver, Empfi, ein ganz braver Empfi bist du.«

Braver Hund. / Braves Kind. / Gymnasialempfehlung. / Glücklich.

Was soll ich denn sagen? Wenn's draußen dermaßen knospt?

Kind, sollte ich sagen, so ein Hund ... der stirbt.

Und der stirbt nicht *irgendwann,* der Hund, sondern ... Ein Menschenjahr sind sieben Hundejahre, verstehst du das, Kind? In zwei Jahren ist der Hund schon weit mehr als doppelt so alt wie du. Und dann geht's rasend schnell. Hattet ihr die 7er-Reihe schon in der Schule? Komm, sag mal die 7er-Reihe auf. Komm, 7, 14, ...

Das kann man *ausrechnen.* In der Pubertät ist es so weit. In der Blüte deiner Pubertät, Kind. Wenn du dich vor den Zug werfen willst, weil dir wieder ein Mädchen das Herz gebrochen hat. Und glaub mir, Mädchen brechen dir das Herz. Immer und immer wieder. Und diesmal ist es besonders schlimm. Diesmal ist es eine Vanessa. Und du hast alles gegeben, mein Kind. All deine Liebe hast du in die Waagschale geworfen, hast alles riskiert, dein Herz geöffnet – und Vanessa bricht es. Bricht es einfach entzwei.

Per SMS, wahrscheinlich: »Hb. keine Lust mehr«, steht in der SMS. »Lass uns Fr. bleiben. Sorry. Lovl. greetz, Van.«

Und dann kannst du nicht mehr. Willst nicht mehr. Aus. Ende. Du rennst zum Bahnhof, stehst am Gleis, spürst den Luftzug der Bahn. Endlich hören die Schmerzen auf! Endlich ... Aber irgendwas in dir hält dich zurück. Und das ist das Leben, Kind. An einem Faden, an einem seidenen Faden hält dich das Leben mit aller Kraft zurück.

Und dann ... stirbt dein Hund. Einfach so. Aus Altersschwäche. Und *das* schaffst du dann wirklich nicht mehr, das ist der berühmte Tropfen, der das Fass ... Da reißt der seidene Faden dann, das hält kein Leben aus.

Kind, ich will dich doch nur schützen. Bitte, such dir etwas Langlebigeres. Eine Schildkröte. Einen getrockneten Pilz. Ein Stück Blech.

Aber keinen Hund!

Hunde laufen weg oder werden krank, eingefangen, überfahren, gegessen ...

In Amerika ist ein Hund von einer Straßenkehrmaschine weggesaugt worden.

Die Borsten der Maschine haben den Hund in die Maschine reingefegt. Auf offener Straße.

Und der war noch an der Leine, der Hund, sein Frauchen hat nur kurz nicht aufgepasst.

Das war so eine Rollleine, eine, die länger wird, wenn man will, und sich dann wieder automatisch aufrollt, wenn man einen Knopf drückt. Wie das Stromkabel vom Staubsauger, so eine Leine war das. Und das Frauchen von dem Hund hat immer wieder auf diesen Knopf gedrückt, aber die Leine hat sich nicht mehr aufrollen lassen, und die Frau hat die Leine festgehalten und ist der Kehrmaschine mit dem Hund drin nachgelaufen und hat gebrüllt und geheult und gezogen an der Leine. Aber die Maschine war stärker.

Du hast keine Chance gegen eine riesige amerikanische Straßenkehrmaschine mit einem übermüdeten puerto-ricanischen Kehrmaschinenfahrer drin, der in ohrenbetäubender Lautstärke Musik hört.

Und der hat ja auch Sorgen. Wie er die Miete diesen Monat bezahlen soll. Und wie alles werden soll. Und dass die Musik auch einmal besser war. Der hat einfach nichts gemerkt, der Fahrer.

Und der Hund ... Schrecklich. Will man ja gar nicht wissen, wie es im Inneren von so einer Straßenkehrmaschine aussieht.

Aber die Frau wollte das sehr wohl wissen. Die hat die Straßenkehrmaschine nämlich verklagt. Und den Fahrer gleich dazu. Wegen Hundemord. Und zerstörtem Lebensglück. In Amerika geht das. Da kannst du gegen alles klagen.

Weil: Wenn ihr Lebensglück schon zerstört ist, dann will sie wenigstens Geld, richtig viel Geld, dann kann sie sich irgendwann vielleicht einen neuen Hund kaufen und eine bessere Leine, ein bisschen Glück kann man sich nämlich kaufen! In Amerika.

Und dann wurde die Straßenkehrmaschine von den besten Spezialisten aufgeschraubt. Und obduziert. Wie bei CSI-Miami, nur in groß. Den Spezialisten ist das egal, ob die einen Käfer, eine Leiche oder eine Kehrmaschine in der Pathologie liegen haben, die finden alles raus.

Und weißt du, was die rausgefunden haben? Der Hund hätte das überlebt. Im Bauch der Maschine. Der hätte das *überlebt!*

Wäre er nicht erwürgt worden. Von der Leine. Weil die Frau die festgehalten hat, um nichts in der Welt hätte die Frau die Leine preisgegeben, konnte sich nicht trennen, die Frau, von ihrem Lebensglück. Man muss auch mal loslassen können, Mensch!

Was für eine Tragödie! Stranguliert die ihren eigenen Hund.

Und die Frau: ruiniert. Hund tot und Klage verloren; sie war ja selbst schuld, quasi. Schlimmer noch: Verfahrenskosten. Und so ein Spezialisten-Verfahren kann sich praktisch keiner leisten, höchstens der Günther Jauch oder so jemand, aber nicht eine einfache amerikanische Frau.

Und für den puerto-ricanischen Fahrer ist die Sache auch nicht gut ausgegangen, weil er illegal angestellt war und auch noch Musik gehört hat während der Arbeit.

Und auch für den Besitzer der Straßenkehrmaschine ist die Sache nicht gut ausgegangen, weil der Sinn von Straßenkehrmaschinen das Straßenkehren ist und nicht das Wegsaugen von Hunden. Den Müll sollen sie von den Straßen kehren und den Hundekot. Nicht aber die Erzeuger von Hundekot, obwohl so natürlich streng genommen das Übel bei seiner Wurzel gepackt worden wäre, aber so geht das nicht. In Amerika. Da gibt es Rechte!

Drei Menschen ruiniert, hörst du, drei Existenzen zerstört, und nur weil einer nicht loslassen konnte.

Nur weil sich *einer* in seiner Kindheit gegen eine Schildkröte entschieden hat. Oder gegen ein Stück Blech, einen getrockneten Pilz.

Und deswegen ... kriegst du keinen Hund, Kind. Weil ich Angst um dich habe. Noch verstehst du das nicht, aber später wirst du mir dankbar sein. (Sollte ich sagen.)

Kein Hund. Such dir ein Hobby.
Und jetzt geh raus, spielen.
Aber sei vorsichtig.
Draußen knospt es.

II

Ganz ruhig. Von einer Gefährdung der Bevölkerung ist zu keinem Zeitpunkt auszugehen. Draußen ist das blühende Leben. Wir bitten Sie, Fenster und Türen geschlossen zu halten.

Es ist doch so: Solange ich hier sitze und rede, passiert nichts.

Das Kind schläft. Und außerdem habe ich ja nichts gesagt. Was hätte ich denn auch sagen sollen?

Gut – dass es keinen Hund kriegt, *habe* ich gesagt. Und auch, dass es sich ein Hobby suchen soll.

Und klar, hat das Kind da gebrüllt. Aus Leibeskräften hat es gebrüllt, dass es kein Hobby will.

Aber – ist das nicht bemerkenswert? Ist das nicht schön?

»Ich will kein Hobby!«

Das ist der schönste Satz seit Langem. Ich möchte das Kind umarmen für diesen Satz. Ich werde ihm einen Hund kaufen, als Dank für diesen Satz.

»Ich will kein Hobby!«

Mit diesem Satz lässt sich einiges ertragen. Sogar rausgehen könnte man damit, durch den Frühling laufen, mit diesem Satz – in allen seinen Variationen:

»Entschuldigen Sie, aber ich *will* kein Hobby.«

»Gehen Sie weg mit Ihren Hobbys!«

Demonstrieren auf der Straße könnte ich mit diesem Satz. Und auf meinem Transparent stünde: »Ich bin an Hobbys nicht interessiert.«

Und das ist wichtig: Es geht mir um die Sache. Nicht um das Wort.

Das Wort »Hobby« liebe ich, »Hobby Hobby Hobby Hobby Hobby ...« Könnte ich stundenlang sagen. »Hobby Hobby Hobby.«

Die Sache ist es, die ich nicht will. Das Signifikat.

Und das unterscheidet mich von den anderen. Die frönen der Sache und hassen das Wort. Von denen sagt kaum einer mehr »Hobby«. »Hobby« ist out. Poesiealbum-Deutsch.

Gibt es nur noch als Adjektiv: »Ich mach das so *hobby*-mäßig.« Eben. Du machst das *mäßig*. Also schlecht! Lass es doch ganz!

»Er hat sein Hobby zum Beruf gemacht.« Hört man nicht mehr. Weil der Beruf fehlt. Es gibt ja kaum noch Berufe ... richtige, meine ich.

Und auch keine Hobbyräume. Gibt's nicht mehr. Früher ist man in so was groß geworden, wenn man

Glück hatte. In einem »Reihenhäuschen mit Hobbyraum«. Da hat sich keiner geschämt dafür.

Aber das reicht ja längst nicht mehr. Heute muss es ein »Spielzimmer« sein oder eine »Bewegungsbaustelle« oder ein »Toberaum«. Im Reihen-*end*-haus.

Das betonen sie immer. Reihen-*end*-haus. Praktisch freistehend.

Weil: Mathematisch gesehen ist ein Reihen-*end*-haus kein Reihenhaus, sondern eine Doppelhaushälfte. Jawohl.

Und mathematisch gesehen ist eine Doppelhaushälfte Unsinn. Nicht aufgepasst in der Schule, Doppelhaushälfte, das kann man kürzen. Keine Gymnasialempfehlung! Kein Hund! Dummes Kind!

»Hobby« gibt's nicht mehr. Heute heißt das »Facebookprofil«. Oder: Leidenschaft. Das ist es, was alle sagen: Leidenschaft.

Weil's besser klingt: »Also Kochen ist meine Leidenschaft, wirklich, ich koche leidenschaftlich gern. Ich mache praktisch gar nichts anderes mehr als leidenschaftlich gern kochen, nur so für mich, im Kleinen, aber mit all meiner Leidenschaft, ganz im Kleinen, ganz klein, Molekularküche. Leidenschaftlich gern.«

Vielleicht stimmt's ja, wenn man es nur ausreichend oft sagt?

Dagegen ... Hören Sie doch mal, wenn man's ganz leise sagt: »Hobby.«

Wie altmodisch, wie antiquiert. Dabei war es mal neu. Ein zart-hüpfender Anglizismus: »Hobby.«

War das neumodische Wort für »Steckenpferd«, das neumodische Wort für »Liebhaberei«. Sagt keiner mehr. Aus der Mode. Lang vorbei.

»Basteln ist ein Steckenpferd von mir.« / »Ach das – das ist so eine Liebhaberei.« / »Ein Stecken-Pferd, hat mir mein Vater gebastelt ... im Steckenpferd-Raum unseres Reihenhäuschens, im Liebhabereien-Raum.«

Ich will kein Hobby. Und keinen, der mich danach fragt.

Damit wäre schon viel gewonnen. Wenn dieses Nettigkeitsgetue aufhören würde.

Aber einer fragt immer. Der Günther Jauch, zum Beispiel. Der fragt nach Hobbys. Immer. Schon mal aufgefallen?

Gleich zu Beginn, ganz nett und neutral fragt der die Kandidaten: Name, Beruf, Hobbys. Als ob das irgendwas aussagen würde.

Name geht ja noch und beim Beruf kann man lügen. Aber beim Hobby wird's ernst für die Kandidaten. Weil spätestens da entscheidet der Jauch sich, ob er sie mag oder nicht. Und ihnen hilft. Darum geht's nämlich.

Und das wissen die Kandidaten natürlich auch, die sind ja nicht blöd. Die wissen ganz genau: Wenn sie jetzt ein Scheiß-Hobby nennen oder nichts sagen, dann mag der Jauch sie nicht und gibt keine Tipps. Bei der 200-Euro-Frage.

Es ist ja nicht so, dass das ein Spiel wäre. Für die Kandidaten geht's da um viel. Um alles. Um einen Ausweg. Für die ist das Quiz oft die allerletzte Chance, irgendwie auf einen grünen Zweig zu kommen in ihrem Leben. Wegen der Schulden, der Kinder und der Sorgen. Und dann hängt alles vom richtigen Hobby ab. Unerträglich. Sie können doch nicht jetzt schon ihren Telefonjoker verschwenden. Oder das Publikum entscheiden lassen. »Was für ein Hobby soll ich denn haben? A, B, C oder D?«

Und nun?

Öffentliche Langeweile? Privater Thrill? Werbefinanzierte Demütigung?

Sag mir, was du gern hast, und ich entscheide, ob ich dich mag.

Zeig mir deine Freunde und ich sage dir, wer du bist.

Gestehe deine Hobbys, und wenn sie cool sind, adde ich dich auf meiner Seite. Und täglich grüßt das Telefon: Günther-Jauch@millionär möchte dein Freund werden. Wenn Sie einverstanden sind, klicken Sie hier.

»Nein, ich bin nicht einverstanden, Herr Jauch. Wissen Sie, ich bin an Hobbys nicht interessiert. Aber Gegenfrage: Wie ist das denn bei Ihnen? Was machen Sie so in Ihrer Freizeit? Wollen Sie nicht sagen? Sie reden doch sonst so gern. Sammeln Sie noch Mehrfamilienhäuser? Ist ein schönes Hobby. Wenn Sie mal Ruhe haben wollen, klagen Sie auf Eigenbedarf und Potsdam ist leer. Ich will Ihnen nicht zu nahe treten, aber ich kann mir das gar nicht vorstellen, *wie* reich Sie sind. Sagen Sie doch mal eine Zahl. Nein, die steht nicht auf Ihren Kärtchen. Die Antwort auf die Frage ›Wer wird Millionär‹ lautet immer gleich: ›Na, ich, Günther Jauch.‹ Was wollten Sie gleich nochmal von mir wissen? Ach ja, mir geht es wie vielen hier: Ich kann mir kein Hobby leisten.«

Einmal hat ein Kandidat auf die Frage nach seinem Hobby geantwortet: »Freizeit.« Gute Antwort. Der Jauch hat nur gelacht und ihn mit 200 Euro nach Hause geschickt.

Folgendes habe ich mal gelesen:

Es gibt nur eine akzeptable Antwort auf die Frage nach dem Hobby, und die lautet: »Reiten. Reiten bei offenem Fenster.«

III

WUSSTEN SIE, DASS DIE CHINESEN ein eigenes Schriftzeichen dafür haben, während des Geschlechtsaktes vor Erschöpfung zu sterben?

Ein eigenes Zeichen. Nur dafür!

Das rührt mich an. Ich finde das tröstlich. Persönlich kenne ich zwar keinen Chinesen, und ich weiß auch nicht, wie das mit der Liebe gehandhabt wird in China, aber so groß dürfte der Unterschied nicht sein. Da stimmt es mich zumindest optimistisch, dass es ein Land gibt, in dem so etwas schriftlich fixiert ist.

Lernt man das in der Schule?

»So, liebe Kinder, dieses Zeichen hier heißt ›Wasser‹, dieses ›Reis‹ und dieses, das geschwungene mit den beiden Häkchen, steht für ›Erschöpfungstod beim Sex‹. Malt es zu Hause bitte zwanzig Mal ab, damit ihr es nicht vergesst. Morgen schreiben wir ein Diktat.«

»Während des Vögelns sanft entschlafen.« Liest man bei uns eher selten in der Zeitung. Oder auf Grabsteinen.

Totgefickt – eine derbe Männerphantasie, schon klar. Ich dachte, ich erzähl's einfach. In geselliger Runde kann so etwas durchaus zur Unterhaltung beitragen.

Wenn ich ehrlich sein soll: Mich ängstigt das. Die Vorstellung, im Bett, während des Aktes zu sterben. Oder umgekehrt: Hier einem Sterben beizuwohnen. Beides unschön. Beides würdelos, letztlich. Macht mir Angst.

Einer bleibt ja zurück, im Bett, und der hat dann den Schlamassel. Was tut die geliebte Frau, wenn so was passiert? Geschockt entwindet sie sich dem leblosen Geschlecht, versucht den erkaltenden Körper von sich herunterzuwuchten, wobei es ja gar nicht so sein muss, dass es der Mann ist, der stirbt, kann ja auch die Frau sein, die es erwischt, und aus der du dann panisch deinen reflexartig erschlafften Schwanz herausziehst und erst mal weder ein noch aus weißt ...

Ich hör ja schon auf. Früher, in der Kneipe, haben wir uns so was manchmal ausgemalt. Und schon da erschien mir immer das Gesicht der Mutter vor Augen: »Das hast du mal wieder toll hingekriegt, Junge. Und wie bitte sollen wir das den Nachbarn erklären?«

Krank, oder? Die allanwesende Mutter. Noch im hintersten Winkel der Intimsphäre ist sie dabei, beim Sex, beim Sterben ... Ich habe mich als Jugendlicher nicht getraut, mein Zimmer abzuschließen. Wegen ihres Blicks: »Ich weiß doch, was du treibst«, sagte der, »wer macht denn deine Wäsche, hm?« Ich bin zum Wichsen außer Haus gegangen! Halbe Tagesreisen mit der Bahn, nur um mir unentdeckt einen runterzuholen.

Und abends das vorwurfsvolle Kopfschütteln der Mutter. »Was sollen die Leute denken.« Sie musste den Satz gar nicht sagen, er lag im stummen Heben ihrer Augenbraue, in ihrem Seufzen, ihrem geräuschlosen Luftansaugen und ruckartigen Wiederausstoßen. Und nicht nur die Mutter! »Was sollen die Leute denken« waren auch die Nasenflügel des Vaters, später die Blicke der Kollegen, das Tuscheln der Bekannten. Ein kritischer Augenaufschlag, gleichbedeutend mit einem Tritt vors Schienbein, ein verlegenes Hüsteln, unmissverständlich wie ein Ellbogen, der dir in die Seite gerammt wird.

Was sollen die Leute denken. Dieser Satz, dieser Generalvorwurf, wurde mir derart eingeimpft, bis ich vergessen habe, dass das im Grunde eine Frage ist.

Was sollen die Leute denken? Ja, was denn? Mutter! Sag's mir doch! Wofür steht die adrette Frisur? Was sagen gepflegte Fingernägel aus?

»Sitz gerade! Spiel nicht mit dem Essen! Schlurf nicht! Wie sagt man? Wie heißt das Zauberwort?«

Herrgott, was sollte sie denn zum Ausdruck bringen, die kratzende, potthässliche Baumwollhose mit Bundfalten, die ich immer anziehen musste?

»Was für ein netter und hübscher Junge, immer zurückhaltend, immer höflich, der macht seiner Mami keine Schande, der studiert später mal was Gescheites, der wird was ganz Besonderes, wirst schon sehen.«

Oder: »Was für ein peinlicher Auftritt! Jesus Christus, wer es mit vierzehn nicht schafft, seinen Eltern anständige Kleidung abzutrotzen, schafft es nie mehr. Der dumme Bub, das sieht man doch jetzt schon: auf ewig ein verhuschtes, spießiges Muttersöhnchen. Ein Vollversager, maximal mittlere Verwaltungslaufbahn, zur Untermiete im Speckgürtel, die Frau aus dem Katalog!«

Was. Sollen. Die. Leute. Denken. Ist eine Frage! Arschloch!

Unser gesamtes Arsenal an Kleidung, Gesten, Möbeln, Gartenpflanzen, Jobs, Kindern, Freunden, Haustieren, unser sorgfältig aufbereitetes Sammelsurium an Geschichten, Ansichten, Urlaubsanekdoten, Meinungen, Hobbys, unser Auto, unser Telefon, selbst unser mühsam antrainierter »Mir doch egal, was andere sagen«-Habitus ... alles ... wirkungsorientiert.

Ich bin ein Selbstdarstellungsbeamter. Mein Gewissen ist ein Blockwart.

Ich verhalte mich so, wie es von mir erwartet wird.

Schlimmer noch:

Ich verhalte mich so, dass andere denjenigen in mir sehen, der ich gerne wär.

Hui, wie schlau. Ich kann noch schlauer:

Die Frage, was die Leute denken sollen, ist nicht mehr Kernsatz aller Ideologie, sondern Leitfaden meines Profils auf Facebook.

Klugscheißer!

Das kann pathologisch werden ... Ein Nachbarsjunge, der immer den harten Hund gab – »mir doch wurscht, wenn du mich aus deiner Freunde-Liste löschst, kauf ich mir eben eine noch dunklere Sonnenbrille« –, der hat sich vom Dach gestürzt, weil seine Eltern ihm das Taschengeld nicht erhöht haben. (Es kann teuer sein, wenn das Second Life das erste werden soll.)

Aber der war nicht tot, nach dem Sturz. Da hat er sich schwer verletzt, mit gebrochenen Beinen und so, noch mal bis in den zweiten Stock geschleppt, weiter kam er nicht mehr, und ist noch mal gesprungen. Dann war er hin. Deutsche Gründlichkeit. Hatte er vom Vater ... das war so ein Ordnungsfanatiker, klare Werte, altes Schrot und Korn. Der hat irgendwann angefangen, Zettel an die Briefkästen und Gartentüren im Viertel zu kleben, so gelbe Post-it-Zettel. Da stand dann drauf, immer mit Ausrufezeichen: »Rasen mähen!«, »Hecke schneiden!«, so Sachen. »Spielzeug liegt rum!«

Den haben sie weggesperrt, später, da konnte er seine Zettel in der Geschlossenen aufhängen.

*

Was machen wir hier eigentlich? Was will der Typ? Erzählt hier einen von Tod und Teufel und vom Günther Jauch und dass er seinem Kind keinen Hund kaufen mag. Wieso? Aus welchem Grund? Das ist doch mal eine Frage: Meine Damen und Herren, Folgendes würde ich gerne wissen: Gibt es Gründe?

Jetzt – das mit dem Hund, zum Beispiel. Das rührt wahrscheinlich noch von der Zeit her, als ich im Keller gelebt hab. Habe ich nämlich mal, weil sich's so ergeben hat. »Billige, geräumige Wohnung im Souterrain«. War aber Keller. Absolut. Ein Sinnbild.

Kennen Sie diesen dänischen Schriftsteller? Der nur Kurzgeschichten schreibt? Egal. Von dem gibt's eine Geschichte, die beginnt so: »Ich wohne im Keller; das ist in jeder Hinsicht ein Ergebnis des Umstandes, dass es mit mir bergab gegangen ist.«

Habe ich manchmal kokettiert damit. Aber ehrlich gesagt, war es gar nicht so schlimm. Die hatte ja auch Fenster, die Wohnung. Direkt zum Bürgersteig raus, wo die Leute entlangliefen. Man sah sie halt nicht komplett. Tagein, tagaus immer nur Beine und Unterleiber. Das ist nicht so verkehrt. Wenn man eine Zeitlang Menschen nicht ganz sieht. Nur im Ausschnitt. Im Detail. Arme und Köpfe sind ohnehin ... überbewertet.

Das entsteht von ganz allein, glauben Sie mir. So ein Keller regt die Phantasie an. Schult die Wahrnehmung. Ich wusste nach einigen Wochen schon ganz genau, wie die Oberkörper, Arme und Gesichter von den Beinen, die an meinem Küchenfenster vorbeigingen, aussahen.

Ich hab das sogar überprüft, gelegentlich. Wenn sich wieder – was weiß ich denn – ein Paar besonders ausgelatschter Treter vorüberschleppten, mit argen Ringelsocken und einer eng anliegenden, speckigen Jeans drüber, die die Hoden quetscht – das habe ich ja ganz genau sehen können –, da bin ich dann manchmal schnell hoch, um das Gesamtbild zu betrachten. Das hat schon meistens mit dem übereingestimmt, was ich mir vorher ausgemalt hatte.

Oft ist es gut, man sieht nur Teile. Und unten definitiv besser als oben.

Drei Jahre habe ich im Keller gewohnt. Drei Jahre lang Underground-Catwalk. Modenschau für Deichmann und Discounterware. Ein groteskes Defilee aus abgebrochenen Stöckelschuhen und beigefarbenen Slip-

pern, aus billigen Röcken, schlimmen kurzen Hosen, offenen Knien, verrutschten Schlüpfern.

Und Hunde natürlich: alle Arten von Hunden. Jegliche Rasse. Und die Hunde immer ganz. Klar. Weil für die war der Fensterausschnitt exakt passend. Selbst so ein hüfthoher Dobermann passte genau in mein Blickfeld.

Die wirkten riesig. Bedrohlich fast. Das ist ... so ein Verzerrungseffekt. Wenn du den Hund ganz siehst, aber nur ein halbes Herrchen, da kommen einem die Viecher viel größer vor als in echt. Und die sind ja auch ganz nah an die Scheibe ran, haben geschnüffelt und geglotzt. Das war wie eine Tiersendung im Fernsehen. Besser sogar – und gerechter, schließlich konnten die Hunde mich auch sehen.

Wenn so ein Tierfilm gedreht wird, sieht der Hund ja nur die Kamera. Da kommt nichts zurück. Da war mein Kellerfenster schon was anderes. Mehr ein Tauschgeschäft: Ich betrachtete den Hund beim Gassigehen und er schaute mir beim Frühstücken zu.

Zu der Zeit habe ich so oft Fenster geputzt wie nie.

Natürlich auch deswegen, weil die Hunde ab und an ihr Geschäft erledigt haben in meinem Sichtfeld. Das ist schon bizarr, wenn du dir gerade ein Butterbrot schmierst und so ein Collie oder Schäferhund pisst dir gegen die Scheibe. Aber das ist ihre *Natur*. Und die wird in den Tierfilmen gerne ausgespart.

Die Freundin fand's abstoßend. Verständlich. Frauen sind da oft empfindsamer. Die wollen Natur eher lieblich. So als dekorative Beigabe beim Spaziergang und nicht am Küchenfenster.

Aber die Freundin hat sich ohnehin an der Gesamtsituation gestört. Nicht nur an den Hunden, sondern an der Kellerwohnung und überhaupt. Wir haben viel gestritten, von wegen »so kann das nicht weitergehen« und umziehen und sogar zusammenziehen.

Wollte ich aber nicht.

»Was ist so falsch an der Wohnung?«, habe ich sie gefragt. »Wir sind noch zu jung für ein gemeinsames Nest. Und wenn's dir bei mir nicht gefällt, können wir immer noch zu dir gehen oder ins Hotel.«

Sie hat dann all die Sachen gesagt, die man so sagt in einer Beziehung, von wegen Veränderung und später auch mal Familie, vielleicht. Aber ich hab nicht lockergelassen, weil mit »vielleicht« kann ich nichts anfangen und später kommt noch früh genug und sie soll mir Gründe nennen, habe ich gesagt, Gründe, die über das übliche Gerede hinausgehen, die das Spießige hinter sich lassen. Momentan ist das nicht verkehrt, ich im Keller und sie im zweiten Stock, habe ich gesagt, und das Leben steht uns offen. Was spricht dagegen? Gibt es *Gründe,* Schatz? Nenn mir einen Grund.

Da hat sie nachgedacht. Und ich hab gemerkt, dass sie das mit uns ernst nimmt, weil sie sich auf diese Diskussion eingelassen hat. Sie saß in meiner Küche und draußen liefen die Hunde vorbei, und sie hat wirklich überlegt. Ernsthaft.

Guckt sie also ewig in meinem Keller rum und denkt nach ... und dann hat sie ganz leise gesagt:

»Du wirst nie deinen Fernseher aus dem Fenster schmeißen können.«

Das hat mich überzeugt. Dieser eine Satz – das war ein Versprechen, eine Liebeserklärung. Voller Zuversicht.

Da bin ich ausgezogen aus meinem Keller, zu ihr, in den zweiten Stock.

Aber schon nach ein paar Wochen ... es hat nicht gereicht. Das haben wir beide schnell gemerkt.

Ein Grund reicht nicht.

Für mich war das wahrscheinlich noch schwieriger als für sie.

Weil ich nicht mehr zurückkonnte in mein altes Leben. Oder wollte. So ein Zurückrudern ins Vertraute, das muss man ja auch rechtfertigen können – vor sich selber. Das konnte ich nicht. Und mein Keller war schon längst wieder vermietet, und eine vergleichbare Bleibe habe ich nicht gefunden.

Es nimmt dich keiner ernst, wenn du inserierst: »Suche billige Kellerwohnung. Fensterhöhe maximal ein Meter über Bodenniveau.« Das geht nicht. Wie schaut das denn aus?

Die Freundin ist dann ausgezogen und ich bin regelrecht abgestürzt. Schon seltsam: Erst als ich raus bin, aus dem Keller, als ich hoch bin, ging's bergab mit mir.

Ja. So pathetisch kann man das sagen.

*

Das mit dem Fernseher habe ich aber gemacht. Später natürlich.

Weil: Ad hoc geht das nicht, so etwas lässt sich nicht planen. Du kannst nicht in deinen Kalender eintragen: »Dienstag: Fernseher aus dem Fenster schmeißen.« Da braucht es schon eine Wut dafür. Einen Impuls. Zumindest: niedere Beweggründe.

Ein Mörder plant ja auch nicht: »Am 25. erschlage ich meinen Vater im Affekt.«

Nein, der nimmt sich das vor und wartet auf den Impuls.

Bei den meisten Menschen bleibt es ein Leben lang beim Vorsatz. Das ist ein zivilisatorischer Fortschritt, das systematische Unterdrücken des Impulses. Oder eben: dessen behutsame Überführung in eine Phase der Plan- und Machbarkeit.

Muss ja kein Mord sein. Kann auch ... ein Hausbau oder eine Hochzeit sein. Es ist gut, dass so etwas Zeit braucht, damit man alle Unwägbarkeiten sauber ausloten kann. Mit Impulsen muss man vorsichtig sein.

Streng genommen wäre die ehrliche Antwort auf einen Heiratsantrag: »Spontan *ja,* Schatz. Aber ob es dann, wenn es tatsächlich so weit ist, immer noch gilt, lässt sich zum jetzigen Zeitpunkt unmöglich versprechen.«

Mit Impulsen ist das so eine Sache.

So wie bei mir und dem Fernseher. Ich habe mir das schon fest vorgenommen, den aus dem Fenster zu schmeißen, schließlich war das ein Traum, ein Zukunftsversprechen, aber das Impulsive wollte sich nicht recht einstellen.

Da wiegt die Frage schwer: Wann ist es gerechtfertigt, ein solches Versprechen einzulösen? Wann ist das

Fernsehprogramm schlecht genug? Reicht eine Doppelfolge ›Wer wird Millionär?‹ oder braucht's da mehr?

Und in dieses Rockstar-Gehabe wollte ich auch nicht hinein, wo das tägliche Routine ist, den TV aus dem Hotel zu werfen, so was kann man ja trainieren, aber Routine ist der Tod jeden Versprechens. Ich wollte, dass sich das richtig anfühlt, wollte eine Wut, eine echte, eine unsagbare, nicht mehr zu kontrollierende Wut, damit Plan und Impuls zusammenfallen und eine Befreiung möglich wird …

Es ist schon bezeichnend, dass ich mein Vorhaben in dem Moment in die Tat umgesetzt habe, als der Fernseher kaputtging.

Mitten in einem Tierfilm gab der den Geist auf. Da bin ich so wütend geworden … da konnte ich mir regelrecht zugucken dabei: Jetzt ist es so weit, jetzt raste ich aus, jetzt tue ich etwas Unerhörtes. Ein überwältigend starkes Gefühl: Da war mir das völlig wurscht, dass das Gerät defekt war, niedere Beweggründe sind besser als gar keine. Das ist das Schöne am Impuls, dass man von Sinnen ist, dass Unsinn und Sinn eins werden.

Blind vor Wut, in einer wirklichen Raserei hab ich den Fernseher gepackt und bin los – aber bis zum Fenster bin ich gar nicht gekommen, weil der noch verkabelt war, der Fernseher, und die haben extrem gut gehalten, die Kabel, die hatten so eine Sicherheitsverschraubung und ließen sich nicht so einfach aus ihren Buchsen reißen. Es war, als ob die nicht nur den Fernseher, sondern auch mich zurückhalten wollten: »Überleg's dir noch mal, mein Freund! Was sollen die Leute denken?« Aber das hat mich nur umso wütender gemacht. »So redet ihr nicht mit mir, Kabel, so nicht! Ihr seid nutzlose Verbindungen zu einer Welt, die ich im Begriff bin, hinter mir zu lassen.«

Und die Wut flaute nicht ab, im Gegenteil, die wurde sogar noch größer, die hat mich getragen, die ganze Zeit über, während der ich die Kabel sauber rausgeschraubt und in den gelben Sack geschmissen habe. Das Gefühl ließ mich nicht im Stich, auch nicht, als ich den Fernseher in Richtung Fenster wuchtete und völlig unterschätzt hab, wie viel der wog, mehrmals absetzen musste ich den und hochhieven und mühsam auf die Unterkante des Fensterrahmens schieben. Aber das Gefühl hielt – noch als der Fernseher kippelig auf dem Fensterbrett stand und ich schweißgebadet kurz verschnaufen musste, war das gute Gefühl da.

Erst als ich merkte, dass ich den nie und nimmer werfen kann, ließ das langsam nach. Als ich dem Fernseher einen kleinen Schubs gab, einen letzten Impuls, und als der auch gar nicht richtig flog, sondern fast schon lächerlich über die Kante kippte und wie von allein, direkt an der Hauswand entlang runterplumpste und mit einem leisen Plopp in den Rabatten landete, kam ich wieder zu mir.

Das hat nicht funktioniert. Ich hatte ja mehr ein Bersten im Sinn, ein Zerschellen in tausend Stücke. Wie man sich eine Läuterung eben vorstellt – als etwas Krachendes. Aber praktisch: nichts. Man unterschätzt die Vorgartenbepflanzung.

Wäre der Fernseher nicht vorher ohnehin schon kaputt gewesen, wäre er möglicherweise sogar heil geblieben.

Haben selbst die Männer von der Entsorgung gesagt. Ich hab den Fernseher ja nach dem Fenstersturz umgehend auf den Recyclinghof gebracht. Damit niemand was merkt.

»Der schaut aber noch recht gut aus«, haben die gesagt, als sie den gesehen haben.

»Ja«, habe ich da gesagt, »ja.«

Aber geschämt habe ich mich nicht.

Die Scham kam erst später, als ich in ein Geschäft gegangen bin, um mir einen neuen Fernseher zu kaufen.

IV

DABEI GUCKE ICH GAR NICHT ÜBERMÄSSIG VIEL FERN.

Das Kind schon. Das Kind guckt viel, und ich lass es, man darf nicht zu streng sein mit Kindern. Wenn es schon keinen Hund kriegt, soll es wenigstens ...

Stört das eigentlich, dass ich immer »das Kind« sage? Wäre der Name besser?

Es *hat* einen Namen. Weil: Im Allgemeinen werden Namen bevorzugt. Namen bannen die Angst. Heißt es. Aber ich meine, dass es eher umgekehrt ist. Dass wir Namen gar nicht gut ertragen können, sonst würden wir sie nennen und nicht kosen: »Schatzi, Spatzi, Bärli, Mausi, Schnuffi.«

Kinder wissen das und sagen »Mama und Papa«, weil ihnen die Namen nicht geheuer sind. Und man macht ja auch Fehler: Tauft sein Kind »Peter«, in der Hoffnung auf einen lebensfrohen, blonden Frechdachs, und dann entwickelt der sich zu einem wiederkäuenden, phlegmatischen »Michael«.

Oder »Theodor«, weil man auf Adel und Aristokratie setzt statt auf Rüpelei und Hauptschule, aber der Theodor ist später weder schlau noch gekämmt und steht auch nicht im Fußballtor, sondern wird Verteidiger oder rechter Läufer.

Namen sind nichts Persönliches, sondern irreversible Bürde. Schauen Sie sich die Geburtsanzeigen in der Zeitung an, was den Kindern *da* auferlegt wird, »Marvin-Malte«, »Karl Cedrik Hyazint«.

Oder am Spielplatz: »Die Emilia-Clara hat das gar nicht gern, wenn man ihr immerzu die Schaufel wegnimmt.«

Ja, woher willst du das denn wissen? Hast du sie gefragt? Vielleicht *teilt* die gern, die Emilia-Clara?

Überhaupt: Solange Eltern auf Spielplätzen sind, sollte man Kinder gezielt davon fernhalten. Separieren von der Herde alles kontrollierender Leittiere mit Lidschatten und Crocs, für die »Spiel« überhaupt nicht existiert, sondern nur Bitterkeit und Normalität.

Fliehen soll man sie, die Rudel Spätgebärender, die stolz glucksend und ratgebersediert sich und ihren Nachwuchs präsentieren, dabei sieht jedes Kind, ein paar IQs weniger und man müsste sie gießen! »Wie macht die Kuh? Muh macht die Kuh!«

Weg von hier!

Fort vom real praktizierten Unglück. Von jener Langeweile, aus der die Norm nur so heraussuppt, und immer wieder die Lüge.

»Hör auf! Schluss! Wie oft hab ich dir gesagt ...«

Ja, wie oft hast du es gesagt? Wie oft?

»Das Kind soll es später besser haben.«

Wieso »soll« und nicht »darf«? Wieso »später« und nicht »jetzt«? Wieso »besser«? Reicht »gut« nicht?

»Das Kind soll es später besser haben.« Zu spät.

*

Es ist doch so: Solange ich hier sitze und rede, passiert nichts. Aber eines ist doch klar: fragen hilft. Und loben.

Ehrliches Lob: »Gut. – Schön. – Toll. – Danke. – Prima.«

Und genaues Nachfragen: »Gibt es Gründe? Gibt es Gründe, Kind?«

Ich weiß das aus eigener Erfahrung. Ein Beispiel:

Als ich klein war, im Kindergarten, habe ich immer schwarze Bilder gemalt. Schwarzer Himmel, schwarze Blumen, schwarze Häuser. Manchmal war auch Braun dabei oder ein dunkles Grün, aber sonst: schwarz. Auch die Menschen, immer schwarz – und ohne Kopf und Arme. So.

Meinen Sie, ich wäre auch nur einmal gelobt worden? Für meine Bilder?

Die waren nicht hässlich oder so runtergehudelt, ich habe mir immer Mühe gegeben beim Malen.

Aber mal ein Lob ... »Das ist wirklich ein schönes Bild, Kind. Die Menschen ... gut! Untenrum ... ganz toll. Und so ein sattes, kraftvolles Schwarz! Wirklich prima. Danke.«

Nein. Für Bilder mit schwarzen Menschen drauf, ohne Kopf und Arme, gibt es kein Lob. Und die hängt die Mutter auch nicht auf zu Hause, voller Stolz. Die zuckt zusammen, reißt die Augen auf, starr und erschrocken, die seufzt und nimmt die Hände vor den Mund.

Natürlich habe ich da gemerkt, dass der Mutter die Bilder nicht gefallen, und war traurig und hab geweint, ich wollte ihr doch eine Freude machen mit dem Muttertagsbild, wo »für Mama« obendrüber stand und drunter unsere arm- und kopflose Familie, in leuchtendem Schwarz und Braun, ich wollte, dass sie sich da drüber freut oder Danke sagt, aber die Mama hat nur geweint, und das wollte ich am allerwenigsten, ich wollte, dass sie glücklich ist – und Lob.

Und ich hab das auch nicht verstanden.

Was ich verstanden habe, ist: Die Bilder sind schlecht. Du musst besser malen. Sonst weint die Mutter. Und dann habe ich mir noch mehr Mühe gegeben beim Malen, die Beine und Füße besser und exakter und den Oberkörper so echt wie möglich und den Himmel noch schwärzer, ganz schwarz, so schwarz, wie es irgend ging.

Aber das hat nicht geholfen. Im Gegenteil: Das hat es schlimmer gemacht. Die Mutter hat noch mehr geweint und die Bilder zerknüllt, und ich hab's nicht verstanden und auch geweint und versucht, noch besser zu malen, aber ...

... dass die mal lobt. Oder fragt. Also richtig fragt, nach den Gründen, und nicht: »Wieso tust du mir das an?« Und: »Was sollen die Leute denken?« Das konnte ich nicht beantworten.

Und die Mutter ist zur Kindergärtnerin gerannt, mit meinen zerknüllten Bildern in der Hand. »Wieso? Wieso, *mein* Kind?« Und die Kindergärtnerin hat gesagt, sie wisse jetzt auch nicht, aber bemühen täte ich mich und das gäbe sich bestimmt wieder. Aber natürlich gab es sich nicht, weil ich das nicht verstanden hab und weiter meine schwarzen Bilder gemalt habe, so gut ich eben konnte.

Also sind wir zum Psychologen, die Mutter und ich, zum Schulpsychologen, der war aber auch für die Kindergartenkinder zuständig, zu dem sind wir hin.

»Ich weiß nicht mehr, was ich machen soll!«, hat die Mutter zu dem gesagt und geweint und geschluchzt und

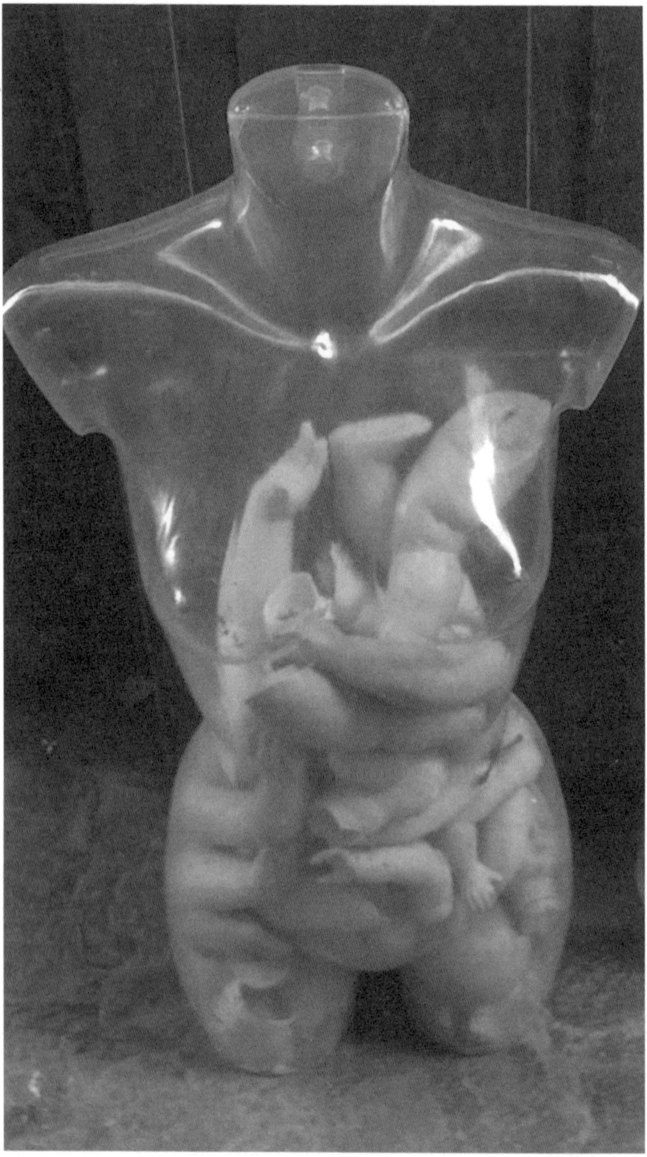

ihm das Muttertagsbild auf den Schreibtisch geknallt. »Sagen Sie doch! Warum? Warum tut er das? Das ist doch nicht normal.«

Und der Psychologe hat gesagt, dass sie sich erst mal beruhigen soll und hinsetzen und dann hat er mich lange angeschaut und dann das Bild und gelächelt, dass ich schon dachte, vielleicht gefällt es ihm ja, aber der hat gar nichts kapiert, sonst hätte er nicht so blöd gefragt.

»So, das ist also für deine Mama?«, hat er gefragt, was aber gar keine echte Frage war, weil die Antwort ja draufstand, auf dem Bild, »für Mama«, stand drauf. Deswegen habe ich auch nichts gesagt. Außerdem saß die Mama ja neben mir und hat leise in sich hineingeschluchzt. Ich wollte die nicht noch trauriger machen.

»Schön, schön«, hat der Psychologe gesagt, und ich hab am Tonfall schon gemerkt, dass der das nicht so meint. »Kannst du mir sagen, wer das sein soll?«

Und ich hab zur Mutter geschaut, die nun lauter geweint hat und die ja gewusst hat, wer das sein soll auf dem Bild, das hätte der Psychologe auch sie fragen können. Außerdem war es nicht so schwer rauszukriegen, dass das unsere Familie sein soll, wenn das ein Muttertagsbild ist und »für Mama« drübersteht und drunter zwei große Menschen sind und ein kleiner, das ist doch nicht schwer, dafür muss man doch nicht studiert haben, um da selber draufzukommen, da braucht man doch nicht zu fragen.

Aber der Psychologe wollte das wissen. »Na?«, hat er gefragt. Da hab ich ihm gesagt, dass das unsere Familie ist.

»Sehen Sie«, hat da die Mutter gekreischt, »sehen Sie! Das ist doch nicht normal!«

»Ganz ruhig«, hat der Psychologe gesagt und zu mir: »Nein, Junge, das ist nicht deine Familie.«

»Doch«, hab ich gebrüllt, weil: Woher will er denn das wissen? Er hat das Bild doch nicht gemalt. Aber er hat mir nicht geglaubt.

»Nein, mein Junge, guck doch mal, deine Familie sieht ganz anders aus.«

»Natürlich sieht sie anders aus«, hab ich da geschrien, und dass ich das auch wisse, aber eben nicht besser hingekriegt hätte.

Und dann hab ich den Mund gehalten, weil die Mutter so geweint und mir den Ellbogen in die Seite gerammt hat wegen meiner Frechheit.

Aber der Psychologe war ohnehin bereits auf einer anderen Fährte, das hat man richtig gesehen, dass der jetzt die Taktik wechselt.

»Sag mal«, hat der gemeint, »ich frag mich gerade was ganz anderes, Junge. Sollen das schwarze Menschen sein?«

Und das habe ich jetzt gar nicht mehr verstanden, natürlich waren das schwarze Menschen, das sah man doch, aber das war ein Missverständnis, das hat der Psychologe auch gemerkt.

»Nein, nein, ich meine Schwarze«, sagte er und dann hat er mit den Fingern Anführungszeichen in die Luft gemalt, »im Sinne von ›Neger‹.«

Die Anführungszeichen hat er gemacht, weil man »Neger« nicht sagen soll, das wusste sogar ich, das hatte die Kindergärtnerin uns schon erklärt und die Mutter, dass man nicht »Neger« sagt und keine Witze über die macht. Genauso wenig wie über den Jesus oder über Behinderte, weil die nichts dafür könnten, und wir hatten ja auch einen Behinderten in der Gruppe, ein Contergan-Kind, den Sigi.

»Den Sigi dürft ihr nicht ärgern. Und keine Witze über Behinderte«, hat es immer geheißen, dabei hat der Sigi die dreckigsten Behindertenwitze überhaupt erzählt und auch welche über Neger.

Dass der Sigi ebenfalls schwarze Bilder malt, habe ich lieber nicht erzählt, sondern auch Anführungszeichen gemacht und dem Psychologen gesagt, dass das auf dem Bild keine »Schwarzen« seien.

Aber er hat mir nicht geglaubt. »Also für mich ist das Bild schwarz«, hat er gesagt und so zur Mutter geschaut, damit die das bestätigt, und die hat feste genickt.

»Nein«, hab ich gebrüllt, weil ich so wütend war und traurig, dass sich die Mutter mit dem Psychologen verbündet hat, »nein, das Bild ist nicht schwarz, da ist auch ein Braun dabei und auf anderen Bildern sogar ein Dunkelgrün.«

Aber der Psychologe hat nur den Kopf geschüttelt und die Mutter auch, und da ist mir der Kragen geplatzt. »Der Sigi malt auch schwarze Bilder«, hab ich geschrien, »und der muss nicht zum Psychologen, da sagt keiner was, weil der ist schließlich behindert, ganz schwarze Bilder malt der, da ist noch nicht mal Braun oder Dunkelgrün dabei, total schwarz sind die, und schlecht, aber der bekommt sogar noch Lob dafür, weil er sie überhaupt hingekriegt hat mit seinen Stummelärmchen!«

»Jetzt hör aber auf«, hat die Mutter getobt und mir eine Ohrfeige gegeben, dass ich heulen musste.

Der Psychologe ist aber ganz verständnisvoll geblieben und hat nachgehakt: »Ich wollte es gar nicht sagen, aber wenn du es selbst schon erwähnst«, man hat gemerkt, jetzt wittert er eine Spur, »haben die Bilder vielleicht etwas mit dem Sigi zu tun? Soll das der Sigi sein?« Weil der doch ein Contergan-Kind sei und fast keine Arme habe und ob ich mich vielleicht über den lustig machen wolle.

Da bin ich ausgerastet. »Das ist eine gemeine Unterstellung!« Und er solle jetzt aufhören mit dieser blöden Fragerei und lieber mal das Bild genau anschauen, *drei* Menschen seien da drauf und der Sigi sei nur *einer* und überhaupt: »Das sieht doch der letzte blinde Depp noch, dass das der Sigi überhaupt nicht sein kann, weil dann hätte ich ihm ja einen ganz kurzen Arm drangemalt und nicht gar keinen.«

Gebrüllt habe ich und geheult und die Mutter auch.

Selbst der Psychologe ist wütend geworden: »Jetzt werd mal nicht frech, Junge!« Und: »Wieso haben die dann keine Arme? Sag's mir, Junge, sag's mir einfach. Wieso keine Arme?«

Das war die erste richtige Frage. Das hatte vorher keiner wissen wollen, das mit den Armen, und weil so ein Geflenne und Gekreische im Raum war, brüllte ich meine Antwort heraus:

»Weil ich Arme nicht kann!«

Und das war die Wahrheit. Die der Psychologe aber nicht hören wollte.

»Natürlich«, hat er zurückgebrüllt, »und mit den Köpfen ist es wahrscheinlich dasselbe!«

»Ja«, habe ich geschrien, »Köpfe sind sogar noch schwerer!« Und ob er das mal versucht habe, einen guten Kopf zu malen, sauschwer sei das, und dass sich die Mama da bestimmt nicht drüber freue, wenn ich ihr einen Scheißkopf dranmale und blöde Arme, wo ich doch weiß, dass ich das nicht kann, da lasse ich es doch lieber ganz.

»Aber Beine kannst du«, hat der Psychologe gebrüllt, »hier, schau doch dein eigenes Bild an, Beine, ganz klar, zwei, vier, sechs Beine, da werden ein paar Arme doch nicht das Problem sein.«

»Arme sind aber was anderes als Beine!«

»Du merkst doch selber, dass das Unsinn ist!« Der Psychologe war jetzt richtig sauer. »Arme und Beine sind gleich ... schwer!« Und ganz ähnlich. Und wenn ich Beine könne, solle ich doch einfach ... oben ... noch mal zwei Beine zeichnen und dann irgendwie Arme draus machen.

Der Psychologe hat nicht mal gemerkt, was für einen Schwachsinn er da erzählte. »Wie schaut denn das bitte aus?«, habe ich heulend gefragt, und ob ich mit schwarzen Menschen ohne Kopf und mit Beinen statt Armen nicht zum Irrenarzt müsse. Das glaube er doch alles selber nicht.

»Was ich glaube, lässt du mal schön meine Sorge sein, junger Mann!« Schließlich male nicht er solche Bilder und ich solle jetzt gefälligst mit der Wahrheit rausrücken, »diese Lügengeschichten kannst du deiner Oma erzählen.«

»Kann ich nicht«, hab ich geschrien, »weil die Oma ist tot, deswegen hab ich sie auch nicht auf das Familienbild draufgemalt«, und er solle jetzt endlich aufhören und die Oma aus dem Spiel lassen, »ich mal doch keine Toten!«

Das sähe er aber ein bisschen anders, hat der Psychologe noch gesagt, bei den schwarzen Bildern, aber das würden wir das nächste Mal klären, jetzt sei die Zeit um.

Ich hab das gar nicht mehr alles mitgekriegt, weil ich nur noch geweint hab. Wegen des blöden Psychologen, der gar nicht richtig gefragt hat, und wegen der Mutter, die auch geweint hat und gebrüllt, und wegen der Ohrfeige.

Die Mutter war danach noch lange traurig, aber ihr ein Bild zu malen, um sie wieder aufzuheitern, habe ich mich natürlich nicht mehr getraut. Sie war außerdem ziemlich wütend, nicht nur auf mich, zum Glück, sondern auch auf den Psychologen.

Wir sind nie mehr hin. »Mein Kind *muss* nicht zum Irrenarzt«, hat sie öfter gesagt und mit dem Fuß aufgestampft, um das zu bekräftigen.

Mehr hat sie nicht gesagt, aber ich wusste auch so, dass sie Angst davor hatte, was die Leute denken und dass ich wirklich was hab.

Es hat dann einfach keiner mehr geredet, die Leute nicht, die Mutter nicht, und ich hab vorsichtshalber gar keine Bilder mehr gemalt. Über die schlechten Noten, die ich später deswegen bekommen hab, hat sie hinweggesehen.

Aber gefragt hat eben auch niemand. Genau nachgefragt.

Das ist es, was ich meine: Gibt es Gründe?

Das hätte schon der Psychologe leicht rausfinden können, warum ich immer schwarze Bilder gemalt hab. Durch geschicktes Nachfragen. Nicht nur die Psyche ergründen, »Was mag in dem Kind vorgehen, dass es so etwas tut?«, sondern den exakten Tathergang. »Wie ist es genau dazu gekommen?« Und den Tatort besichtigen, natürlich. Da hätte der schnell Bescheid gewusst, der Psychologe. Sofort.

Er hätte sogar zusätzlich rausgekriegt, warum nicht nur ich, sondern warum auch der Sigi immer schwarze Bilder gemalt hat. Wenn er den Tatort inspiziert hätte. Den muffigen, engen Kindergartenraum mit den vierzig Kindern drin und dem riesigen Holztisch, auf dem die Blätter lagen, mehr übereinander als nebeneinander, und in der Mitte die große Box mit den Buntstiften. Wenn's ans Malen ging, war das das reinste Gedränge und Geknuffe. Halbe Prügeleien hat es da gegeben.

Und prügeln wollte ich mich nicht, das haben mir auch die Eltern eingebläut, geprügelt wird nicht.

Ich war eben einer der Schwächsten, und als ich endlich rankam an die Stiftebox, waren die guten Farben immer schon weg. Nur noch Schwarz. Manchmal noch Braun oder Dunkelgrün.

Der Sigi hat nur Schwarz abbekommen, der war ja sogar noch schwächer als ich.

So einfach ist das gewesen. Man hätte nur genau fragen müssen. Und die Antworten glauben.

Ich mache der Mutter da keinen Vorwurf.

Dem Vater schon. Dass der nie da war. Das ist ein Vorwurf.

DON'T
DIE A

NDEREN

V

ÜBER DEN VATER SPRECHEN WIR JETZT NICHT. Der ist weg. Wie die Mutter ja auch. Lange schon weg.

Aber das Kind ist da. Und die Frau. Da lohnt das Gespräch.

Allerdings müssen dann auch Fragen sein. (»Gibt es Gründe?«)

Und nicht nur Sätze mit einem willkürlichen Fragezeichen dahinter.

»Liebst du mich?« »Was denkst du?« »Hast du was?«

Da schwingt die Anklage immer mit, und der Imperativ.

Wissen Sie, was die Frau mich gefragt hat? Ich sag's Ihnen. Sie hat gefragt:

»Kannst du nicht einfach so tun, als wärst du glücklich?«

Ich habe da lange drüber nachgedacht. Obwohl das keine Frage ist, sondern ein Vorwurf, habe ich da lange drüber nachgedacht.

»Kannst du nicht einfach so tun, als wärst du glücklich?«

Die anderen können es doch auch.

Also ist es eine Option. Und es gibt Regeln. Richtlinien für normales Glück.

Vater. Mutter. Kind. *Normales Glück.*

Schlafen. Arbeit. Feierabend.

Auto. Haus. Fernseher.

Von mir aus: Garten.

Normales Glück. Erreichbare Träume.

Urlaub am Meer. Ein aktives Sexualleben. Einmal auf die ZDF-Torwand schießen und dann sterben.

Die anderen können es doch auch.

Ich hab's versucht. Versucht rauszufinden. Nicht, *ob* es geht, sondern *wie.*

Wie geht normales Glück?

Einkaufen zum Beispiel. Das kann doch nicht so schwer sein.

Ich habe mich – wie in diesem Film – im Supermarkt hinter den Leuten mit den Crocs angestellt ... und genau das Gleiche gekauft wie die. Genau das Gleiche. Milch, Eier, Brot. Ein kleines Glück ist gar nicht teuer. Was zum Knabbern für später beim Fernsehen und einen Piccolo, weil man sich ruhig auch mal was gönnen darf. Ich habe einfach das Gleiche gemacht wie die anderen. Im Supermarkt.

Und im Mediamarkt auch. Bei IKEA. Im Reisebüro. Im Restaurant. »Ich hätte gern das Gleiche wie der Herr da drüben, der mit dem glücklichen, zufriedenen Lächeln.«

Und auch sonst. Ich habe teilgenommen am öffentlichen Leben und am Elternabend. Ich bin spazieren gegangen, habe mein Auto gewaschen, habe mitgemacht bei der Altkleidersammlung und geholfen. Wie alle anderen habe ich mich versichert gegen Hagel, Feuer, Leben.

Ich habe gegrillt!

Und mich *verhalten* in der Nachbarschaft – und in der Beziehung auch.

Wenn die Frau gesagt hat: »Wir müssen reden. Du lässt mich so gar nicht teilhaben an deinem Leben. Was denkst du so? Was tust du?«

Da habe ich ordnungsgemäß Auskunft gegeben und nächtelang geredet.

Und weil man beim Reden auch mal was verschweigt oder übertreibt, habe ich zusätzlich einen Detektiv beauftragt. Und auf mich angesetzt. Damit der ganz genau beobachtet, was ich tue und wie mein Leben aussieht. Und alles exakt aufschreibt. Wohin ich gehe, mit wem ich mich treffe, was ich sage. Mit Mikrofon und Kamera und allem. Und dann Bericht erstattet. Haarklein, bis ins letzte Detail.

»Und ruhig auch in der Vergangenheit wühlen«, habe ich dem Detektiv gesagt, die Frau hat ein Recht darauf, alles zu erfahren, lückenlos. Selbst die hintersten Winkel sollte er ausleuchten und alles notieren: Taten, Orte, Anlässe.

Es ist nicht verkehrt, bei einem mit dem Hang zu Kellern, halben Menschen und Schwarz die Gründe herauszufinden.

Und alles aufschreiben. Alles, alles sollte der aufschreiben. Und den Bericht einmal im Monat per Fax zu mir nach Hause. Für die Frau.

Und eine Kopie fürs Kind. Damit es alles nachlesen kann, später, und weiß, was sein Vater gemacht hat.

Dass der normal war!

Wie alle anderen! Und glücklich!

Dass er es versucht hat. Und sich Mühe gegeben hat dabei.

Ich habe mir Mühe gegeben.

Ich habe das Glück doch, verdammt nochmal, beschworen.

Ich habe das Lied vom Glück *gesungen*. Jeden Donnerstag. Im Chor.

Aber es hat nicht gereicht.

Das Lied vom Glück ist »Obladi Oblada« und das kann hundert Mal von den Beatles sein, das bleibt scheiße, egal, wie du es drehst und wendest.

Das bleibt »Mann, Frau, Laden, Ring«, und so geht Leben nicht, »home sweet home«, ein Stall voll Kinder, »Desmond and Molly Jones«.

Und wenn du ein bisschen Spaß haben willst, »sing Ob-la-di-bla-da.«

So geht glückliches Leben nicht.

Das ist kein Spaß.

Spaß ist, seinen Fürzen Namen zu geben.

Spaß ist der Satz: »Ich bring den Müll wieder hoch.«

Spaß ist, Hand in Hand in die Morgensonne zu schlendern und sich Inschriften für den eigenen Grabstein auszudenken. Und sich zu erfreuen an der Vorstellung, dass später einmal jemand dort steht und liest: »Glotz nicht so! Ich hab's hinter mir.«

Spaß ist: ein Behindertenwitz und alle lachen. Man kann die Trauer und die Grausamkeit nicht verbannen aus dem Leben.

Spaß ist, Jesus zu freveln, und Gott schmunzelt.

Spaß ist nicht billig! Du musst dafür bezahlen.

Und von Glück ist das weit entfernt.

Glück lässt sich nicht behaupten.

Glück ist ... lächerlich. Unerhört lächerlich.

Glück ist wirklich »Obladi Oblada« singen, aber nicht mit geschlossenen Augen und im Chor, sondern allein und einsam und im Wissen, dass es letztlich sinnlos ist.

Und ohne das dämliche »Bra, la, la«! Denn das ist nicht die Antwort auf die Frage, wie das Leben weitergeht.

*

Lassen Sie es uns zu Ende bringen. Ein für allemal.

Es ist doch so: Solange ich hier sitze und rede, passiert nichts.

Aber dann reden wir auch richtig. Abschließend und grundsätzlich!

Was sollen die Leute denken?

Ist die Frage nicht irrelevant, weil wir die Antwort kennen?

Die Leute sollen denken, dass ... Geld nicht alles ist. Und Telefone praktisch. Und Gartencenter.

Die Leute sollen denken, dass es wichtig ist, Sprachen zu lernen. Und ein gepflegtes Erscheinungsbild zu haben und »Bitte« und »Danke« zu sagen.

GELDSPIELGERÄTE

Die Leute sollen denken, dass sich das schon wieder einrenkt mit der Finanzkrise. Weil Geld nicht alles ist. Und dass es toll ist, Kinder zu haben, sollen die Leute denken. Und dass man über alles reden kann. Dass Michael Jackson der größte Entertainer der Welt war, sollen die Leute denken, und dass Schwimmunterricht sinnvoll ist und Rentenvorsorge und abends nicht so viel zu essen. Dass das schon passt mit der Demokratie, sollen die Leute denken, und mit den Nachbarn und mit der Arbeit, und dass Mallorca völlig okay ist. »Im Landesinneren ist es zau-ber-haft!« Die Leute sollen denken, dass man aus der Vergangenheit lernen kann und dass Bio gesund ist und Geld nicht alles und »Was du nicht willst, dass man dir tu, das füg auch keinem anderen zu«. Dass Leistung sich wieder lohnen muss, sollen die Leute denken, und dass Humor wichtig ist und auf eigenen Beinen zu stehen und kochen zu können, und dass 1+1=2 ist und man fünf ruhig mal gerade sein lassen kann und überhaupt: »Glück kommt selten allein.« Die Leute sollen denken, dass Liebe, innerer Frieden und Joghurt das A & O sind und es letztlich schon in Ordnung geht, dass manche Menschen so viel Geld haben. Der Dings von der Deutschen Bank. Und der andere. Und der Günther Jauch. Weil der nett ist.

Das sollen die Leute denken und: dass man *kann*, wenn man *will*.

Lassen Sie mich beten:

Ich glaube, dass es geht.
Ich glaube an das Gute.
Ich bin ein vernünftiger Mensch.
Ich lebe mein Leben.
Ich lasse mir nichts gefallen.
Ich nehme mir Freiheiten.
Ich führe eine harmonische Beziehung.
Ich habe Freunde. UND EIN KIND!
MORGEN WIRD GEGRILLT!
ICH BIN ZUFRIEDEN!
ES IST MIR EGAL, WAS DIE LEUTE DENKEN!
ICH TRAGE EINEN NAMEN.
ICH GEWINNE IM LOTTO.
MIT MEINEM GELD ERÖFFNE ICH EINE HERRENBOUTIQUE.
(IN WUPPERTAL!)

*

Geld ist nicht alles?
Wenn man Geld hätte, dann ...
Ja, was dann?

Dann käme jemand und sagte: »Denken Sie gut nach. Lassen Sie sich Zeit. Ihnen stehen jetzt alle Möglichkeiten offen. Wollen Sie nicht Ihr Geld für sich arbeiten lassen?«

Geld arbeitet nicht, der Mensch tut es.

»Trotzdem will das überlegt sein«, würde einem gesagt. »Das Leben geht doch weiter. Was machen Sie mit dem Geld? ... Sie können alles tun.«

Aber ... Geld ist doch alles!

Und die einzigen Menschen, die sagen, dass Geld nicht alles sei, sind die, die es haben.

Und die Frage »Was werden Sie mit dem Geld machen?« ist immer die Frage eines Reichen.

Und warum fragt er? Um Neid zu schüren? Um Enttäuschungen vorzubeugen? Um zu helfen? Nein, er will Bescheid wissen.

Warum fragt der Günther Jauch das denn? Immer. »Was werden Sie mit dem Geld machen?«, fragt der immer. Schon mal aufgefallen? Jeden einzelnen Kandidaten fragt der das, jeden, direkt nach den Hobbys kommt »Was werden Sie mit dem Geld machen?«. Noch bevor die auch nur einen Cent gesehen haben, fragt der Jauch: »Was werden Sie mit dem Geld machen?« Immer fragt er das! »Was werden Sie mit dem Geld machen?«

Und warum?
Der braucht Tipps.
Weil er schon alles hat.

Aber vielleicht fällt den Kandidaten ja noch was ein. Und wenn nicht, fühlt er sich bestätigt.

Ein neues Auto, sagt der Kandidat vielleicht. – Hab ich schon, denkt der Jauch.

Ein größeres Auto, sagt der Kandidat. – Pfff, denkt der Jauch.

Eine Reise, ein neues Bett, ein Fahrrad, eine Yacht, was zum Anziehen, sagen die Kandidaten. – Hab ich schon, hab ich schon, hab ich schon, denkt der Jauch.

Aber manchmal ist ein Kandidat dabei, der spricht tatsächlich von etwas, das der Jauch noch nicht hat. Der Kandidat sagt so was wie:

»Auf dem Flohmarkt am Stadtrand gibt's ein Pferd, kein richtiges, eins aus Holz. Wissen Sie, Herr Jauch, da gibt's so einen Händler am Stadtrand, der hat sogar zwei davon, aus Holz, handgemacht und wunderschön ... Das ist das Schönste auf der Welt, einzigartig, weltweit einzigartig ist das, und das erinnert mich an früher, als ich klein war. Kostet gar nicht viel, so ein Holzpferd. So eins hätte ich gern.«

Folgende Personen
werden zum Klassenkampf
aufgerufen.
Stefan Trebbe
23

Und dann gibt's Applaus. Für den tränenüberströmten Kandidaten. Und der Jauch lächelt und freut sich und hilft sogar bei der nächsten Frage.

Aber schon in der Werbeunterbrechung schickt er seine Assistentin los, an den Stadtrand, und die kauft dann die Holzpferde weg. Für den Jauch. Alle beide! Kauft dem Kandidaten die Pferde weg.

Eins hättest du doch dalassen können, Jauch, das war ein Traum von dem.

Warum beide? Das ist doch traurig. Hör auf zu grinsen, Jauch, du jovialer, reicher ... Mensch!

*

Aber wissen Sie, was mich tröstet? Das Kind von dem wünscht sich einen Hund, habe ich gelesen. Der wird sich noch umschauen, der Jauch. Mit seinem Kind. Und dem Hund. Da, wo der wohnt, gibt es auch Straßenkehrmaschinen.

Und wissen Sie, was mich noch mehr tröstet?
Dass es darum nicht geht.
Darum geht's nicht.

Sondern ausschließlich darum, wie man dem Kind erklärt, dass es eben keinen Hund kriegt. Und dabei hilft das viele Geld nicht, *nachvollziehbar* zu erklären, dass ... ein getrockneter Pilz besser ist.

Was an den Namen liegt. Und an ihrer Schönheit. Pilzsorten klingen schöner als Hunderassen. In der ganzen Welt der belebten Dinge tragen die Pilze die schönsten Namen. Schon mal aufgefallen?

»Klebriger Hörnling.« »Grubiger Milchling.« »Grauer Wulstling.« »Rasender Rübling.«

Alles Pilze. Wunderschön.

»Gestreifter Teuerling.« »Blöde Nebelkappe.« »Gemeiner Stinkschwindling.«

Pilze. Schön. Und schwer zu kriegen.

»Der schwermütige Blätterrübling.« »Die vielgestaltige Holzkeule.« »Der lila Dickfuß.«

Kriegst du nicht im Gartencenter. Brauchen wir gar nicht hin.

Lass uns lieber in eine Pilzausstellung gehen, Schatz. Die »Grubenlorchel« angucken. Oder den »Flaschenstäubling«. Können wir auch das Kind mitnehmen. Ins Museum moderner Pilze. Dort steht die »Totentrompete«. Ein wunderschöner Pilz. Sollen wir?

Nein? Im Museum wird zu viel geschimpft, sagst du. Gerade, wenn Kinder dabei sind. Überhaupt wird zu viel geschimpft.

Ist das so? Es kann auch schön sein.

Es kann doch auch schön sein!

Ich sah mal eine blinde Mutter im Kunstmuseum, zusammen mit ihrem Kind. Permanent hat die blinde Mutter das Kind geschimpft: »Nur anfassen! Nicht gucken. Nicht gucken! Nur anfassen!« Das war schön.

Ich sah mal zwei alte Frauen von einer Beerdigung kommen und sich unterhalten: »Eine schöne Trauerfeier war das«, sagten die zueinander, »und ein sehr schöner Lebenslauf. Da hört man oft anderes.« Das war schön.

Ich war mal bei einer Handleserin. Die schaute in meine Hand und sagte: »Sie müssten längst tot sein!« Das war schön.

Ich sah mal eine Frau, die sich die Zehennägel lackierte. Dieses Bild, wenn die Zehen weit gespreizt sind, mit Wattebäuschen akkurat und hübsch in den Zehenzwischenräumen ... Dieses Bild, das war schön.

Ich sah mal zwei Eintagsfliegen an der Fensterscheibe, die paarten sich. Die paarten sich bestimmt zweieinhalb Stunden lang. Das sind mehr als zehn Prozent ihrer Lebenszeit. Das war schön.

Ich sah mal einen Mann im Café. Der las die Todesanzeigen in der Zeitung. Und immer wieder jubelte er leise: »Ja! Jünger als ich! Ja! Auch jünger!« Das war schön.

Ich sah mal drei Gehörlose im Bus, die sich mit Händen und Füßen Witze erzählten und fast in die Hose machten vor Lachen. Und keiner im Bus verstand, warum. Das war schön.

Auf einmal aber prustete ein Umstehender dreckig und obszön los. Und alle schauten den böse an, weil sie dachten, der macht sich über die Taubstummen lustig. Tat der aber gar nicht, der konnte nur Gebärdensprache. Das war schön.

Und jetzt drängten ihn alle im Bus, den Witz zu übersetzen, da zierte der sich kurz und übersetzte: »Was ist der Unterschied zwischen Jesus und Casanova? – Dieser Gesichtsausdruck beim Nageln.«

Auf die Gebärde für »Jesus« wäre ich nie gekommen. Das war schön.

Ich sah mal ... Man wird doch noch einen Witz erzählen dürfen, Herrgott!

Lachen muss ein Fass aufmachen, Witze müssen grausam sein, grausam und traurig.

Wie der Witz von dem Besoffenen am Tresen.

Der Wirt fragt: »Soll ich dir ein Taxi rufen?« Und der Besoffene sagt: »Nein, geht schon.« Er steht auf und fällt der Länge nach hin. Rappelt sich auf. »So wird das nichts«, sagt er, »mach mir mal 'nen starken Kaffee. Und einen Espresso.« Der Wirt macht. Der Mann trinkt, steht auf und fällt wieder der Länge nach hin. »Dann halt nicht«, lallt der Mann und kriecht los. Kriecht zur Tür und auf die Straße. Er hat es ja nicht weit. Kriecht bis nach Hause, kriecht die Treppe hoch, legt sich ins Bett und schläft.

Am nächsten Morgen sagt seine Frau zu ihm: »Sag mal, du warst aber ganz schön besoffen gestern. Du hast deinen Rollstuhl in der Kneipe vergessen.«

*

Herrgott, noch mal! Es muss doch, es muss doch.

Es könnte schön sein.
Es könnte doch gehen.
Es könnte doch ... so einfach sein.

Wenn man bereit ist, einige Vereinbarungen einzuhalten.

Erstens: Drinnen bleiben – wenn's draußen knospt.
Zweitens: Kein Hund!
Drittens: Es gibt Gründe.

Desmond has a barrow in the market place,
Molly is the singer in a band.
Desmond says to Molly: »Girl, I like your face«
and Molly says this as she takes him by the hand.

Ob-la-di, Ob-la-da, life goes on --- how the life goes on.
Ob-la-di, Ob-la-da, life goes on --- how the life goes ...

Es ist doch so: Solange ich hier sitze und rede, passiert nichts.

Anmerkungen / Danksagungen

Der Satz, dass »Reiten bei offenem Fenster« die einzige akzeptable Antwort auf die Frage nach dem Hobby sei, stammt von Thomas Kapielski; zitiert nach: Kapielski, ›Weltgunst‹, Berlin 2004 (Merve-Verlag)
Der »dänische Schriftsteller [...], der nur Kurzgeschichten schreibt«, ist Kjell Askildsen; zitiert nach: Askildsen, ›Ein schöner Ort‹, München 2009 (Sammlung Luchterhand)
»Ob-La-Di, Ob-La-Da« wird zitiert mit freundlicher Genehmigung von Sony/ATV Music Publishing, Berlin

Folgenden Personen sei für ihre Hilfe, Anregungen und Kritik von Herzen gedankt: Eva Hosemann vom Theater Rampe in Stuttgart, Bernd Schmidt von der Gustav Kiepenheuer Bühnenvertriebs-GmbH in Berlin, Philipp Heitmann, Stephan Bruckmeier, Hannes Ringlstetter, Sonja Westerbeck, Thomas Peters, Katharina Festner, Urs Wiegering, Regina Leonhart, Alexia Agathos, Gregor Mönter, Alexander Paeffgen, Peter W. Hermanns, Dietrich Roeschmann und Peter Blöcher, Tobias Binnig, Sybilla Huerta Krefft, Thomas Glavinic und vor allen anderen: Andrea Engen. Du bleibst in meinem Herzen!

J. J., Sommer 2011